中华传奇人物故事汇

炎帝

贾墨冰 著

中华书局

图书在版编目（CIP）数据

炎帝/贾墨冰著. —北京：中华书局，2019.6（2019.6重印）
（中华传奇人物故事汇）
ISBN 978 - 7 - 101 - 13826 - 9

Ⅰ.炎…　Ⅱ.贾…　Ⅲ.历史故事 - 中国 - 当代　Ⅳ.I247.81

中国版本图书馆 CIP 数据核字（2019）第 049973 号

书　名	炎　帝
著　者	贾墨冰
丛 书 名	中华传奇人物故事汇
责任编辑	董邦冠
出版发行	中华书局
	（北京市丰台区太平桥西里 38 号　100073）
	http://www.zhbc.com.cn
	E - mail:zhbc@ zhbc.com.cn
印　刷	北京瑞古冠中印刷厂
版　次	2019 年 6 月北京第 1 版
	2019 年 6 月北京第 2 次印刷
规　格	开本/787×1092 毫米　1/32
	印张 3⅛　插页 2　字数 50 千字
印　数	10001 - 30000 册
国际书号	ISBN 978 - 7 - 101 - 13826 - 9
定　价	18.00 元

出版说明

　　远古时期，元谋人、蓝田人、北京人、山顶洞人，先后在中华大地上繁衍生息，留下了生活的遗迹。距离今天四五千年前，活动于红山文化遗址、良渚文化遗址等地区的先民，不只留下了生活的遗迹，还创造了早期中国的文明，为中华民族五千年繁荣昌盛的华彩乐章谱写了美妙的序曲。

　　他们的真实生活虽不见于史籍记载，几千年来却流传着很多关于他们的故事。如盘古开天辟地，女娲炼石补天，神农遍尝百草，后羿射日，大禹治水……这些迷人的故事不仅带给我们奇幻瑰丽的文学想象，还体现了华夏先民对自然世界的认知，对美好生活的向往，记录了他们走出蛮荒、迈向文明的艰辛历程。

这些带有神话色彩的人物，是在蛮荒的世界里披荆斩棘的英雄，是不怕艰险、不畏强暴、不惧牺牲的民族精神的化身。

他们的名字，他们的故事，如一幕幕传奇，经久不息地流传在华夏大地。他们，是中华民族的传奇人物。

他们的故事，如满天星斗，如沧海遗珍，都汇聚在这套《中华传奇人物故事汇》丛书里。我们将在这里见证他们的智慧、勇敢、顽强，追溯中华民族远古的源头。

目　录

导 读

炎帝是上古时期一位伟大的部落首领。传说共有八代炎帝，如今已经难以确切考证他们的事迹，后来，人们便把八代炎帝看作同一个人。秦汉时，首次出现了"炎帝神农氏"这个称号，人们又把炎帝故事与传说中神农的事迹合并在一起。可以说，炎帝的故事，是上古多位英雄人物事迹的集合。

炎帝出生时带有神异色彩，他的母亲遇到一条神龙，其后就生了炎帝。炎帝形象奇特，头上有两只牛角，身体近于透明。他一出生，便被族人寄予厚望。炎帝也勇敢地担起重任，带领族人不断迁徙，繁衍生息，努力解决和生存相关的种种难题。

　　他种植五谷，发明农具，寻找草药，制作陶器，并且织布纺纱，设立最早的市场，还教会人们建造房屋。这些发明，有的来自神灵的启示，有的是炎帝自己的灵感，却无一不和人们最基本的生产生活息息相关。在这些故事里，炎帝总会在人们最困难的时候出现，及时地想出解决的办法。他是勇敢的首领，是强大的守护神和睿智的引路人。炎帝满怀慈悲，充满牺牲精神，为族人的生存呕心沥血。为了部落的强大和繁荣，炎帝部落和黄帝部落结成联盟，许多大大小小的部落也加入到这个联盟当中，炎帝和黄帝共同被尊为中华民族的人文初祖，中国人称自己为"炎黄子孙"，源头正是在这里。炎帝的故事，是上古先民战胜自然、走向文明的投影，也是华夏先民们对英雄人物的至高赞美。

出 生

1

炎帝生长在姜水的附近。他的出生，和母亲的一段奇遇有关。

炎帝的母亲是有蛴氏部落首领的女儿。她年轻的时候，对大自然充满了好奇心。据说，她爱吃蜂蜜并且亲自养蜂，曾经有一段日子，她在野外追随花期，派出成千上万的蜜蜂，去帮她采集甜香的珍稀花蜜。

她也喜欢追逐翩翩飞舞的蝴蝶，但她从来都不捕捉它们，不舍得伤害这些美丽的小小生灵。

夏夜里，她喜欢躺在草地上数天上的星星，偶尔也与围绕她的萤火虫打个友好的招呼。

她的鬓角有时戴着鲜花，这时的她仿佛也变成了娇艳无比的花朵。她爱花爱得这样强烈，族人们都认为她是一位下凡的花神。

这一天，晴空万里，炎帝的母亲去华阳游玩。

她在花丛中不停地追逐着蝴蝶与蜻蜓，正玩得兴起，天空中忽然飞来了一只身上有七种颜色的灵鸟。她十分欢喜，开始追逐这只神奇的大鸟。此时，忽然一阵大风刮起，乌云密布，眼看就要下起雨来。

不一会儿，天上便雷声大作，倾盆大雨下了起来，而那只灵鸟已经消失不见了。

说来也怪，雨势来得快，去得也快，雨后的

空气十分清凉。抬头一看，一道彩虹横过天宇，紫气和祥云冉冉环绕在姜水的上空。

就在此时，附近的河水之中飞出一条神龙，它绕着炎帝母亲飞了一圈，就穿过乌黑的云层，不见了踪迹。云气也顿时散开，天地间又充满了光明和温暖。

炎帝的母亲回到家中，不久就发现自己怀孕了。十个月后，她产下一子，就是炎帝。

后来，族人们迁徙到姜水附近。炎帝就在姜水岸畔一天天长大。

2

炎帝刚刚诞生，就在他诞生地的周围冒出了九个泉眼，它们都汩汩地冒着清澈的泉水。

就在此时，附近的河水之中飞出一条神龙，它绕着炎帝母
亲飞了一圈，就穿过乌黑的云层，不见了踪迹。

部落里的人们大惊。有胆大的人就汲取泉水来喝，发现这泉水异常甘甜。更为奇怪的是，虽然只是取了一个泉眼里的泉水，可是其余八个泉眼里的泉水也会随之涌动，仿佛它们属于一个共同的源流，彼此之间紧密相连。

这样的异象，族人们从来都没有见过，因此他们就从心里面认为这个孩子绝不简单。

这个孩子也确实与众不同，他的头上长着两只弯弯的角，就像是牛角的样子。他的皮肤近乎透明，可以看见身体里的一切。

他生下后的第三天就学会了说话，可以跟族人们自由交谈。

他思维清楚，口齿伶俐，并且镇定自若，毫无婴孩的顽劣之态。他三天能言的事情传开后，差不多每个族人都要找个借口来到他的面前，和他聊上几句，以亲自验证他的神奇。之后，族人们便聚在一起，议论纷纷，为此事啧啧称奇：

"他可说得真好，好像什么都知道一样！"

"可不是嘛，太神奇了！"

"他还是个婴儿啊，简直不敢相信我的眼睛和耳朵……"

"……也没见谁教过他啊！"

"他居然知道很多关于南方的事情，就如同他去过一样，可是你们知道，我们这么多人里面，还没有一个人去过南方，他是怎么知道的呢？也许他早已去过了？"

"难道是天神下凡了？"

"我看是！他是天神！……我活了一大把年纪了，还从没听说过这种事哩！"

"我看啊，这个孩子在将来必成大事！"

五天之后，他就能下地走路。

下地后，他没走几步，便一路飞奔到河水畔的草地上。

他在鲜花和青草的环绕中，追看鸟儿飞行时的身姿，与蝴蝶共舞，玩得不亦乐乎。

七天之后，他就长全了牙齿，可以和成人一样有力地撕咬肉食。

那时的人们，都是"钻木取火"。炎帝从小就善用火，和其他族人相比，他总是能更快地钻出火来。他还可以借助风势轻松掌控火势的大小。

火焰在他的操控之下，就如一群听从他命令的小兵——他让它们朝哪个方向烧，它们就朝哪个方向烧；他让它们烧多大，它们就烧多大；他让它们烧多久，它们就烧多久。

族人们见此情景，就更加钦佩他了，都认为他是一位有仁德的火神，可驾驭太阳的神圣热力。

年少时的炎帝，几乎每天都徜徉在姜水之畔的草木中。

他虽然还小，但已经为大自然的神奇造化而感到惊奇，深深地被大自然的一草一木所吸引。

农 耕

昔日大荒之中，在旸谷的南面，有座山叫作孽摇頵羝（jūn dī），山上有棵神奇的扶木树，它高大华美，树顶上住着七彩的天鸡，它们啄食草籽和木实，定时鸣叫。

每夜天鸡鸣叫的时候，居住在太阳中心的神鸟金乌必定遥相呼应，这种三足的神鸟是太阳的精气所聚成，因此神鸟一鸣，天下的雄鸡也就跟着一起啼鸣，这时候，旸谷里便红光涌现，灿烂无比。

接着，黑漆漆的天色就开始放亮，鱼肚白渐渐转为赤紫金红，彤云烂漫。

那是太阳升起的地方。

时光飞逝，转眼之间，炎帝已经长成一个体格强壮、充满阳刚之气的青年。

族人们打心眼里认定，这位长着牛角的奇异青年，就是苍天赐予他们的天下圣主，他们衷心地爱戴他，推举他为部落的领袖，又因为他善用火，所以从这时起，他就被人们尊称为"炎帝"。

这一年寒流来得特别早，草木很快就凋败了，随后冰雪漫长地覆盖着这片土地。族人们已经很久没有体会到发现鸟兽踪迹时呼应围猎的痛快了。

大多数时候，族人们盖上一张兽皮睡下之后，随时都可能因为饥饿和寒冷永远地睡过去。严酷的寒冬就像一只凶兽，久久不肯离去。

炽热耀眼的太阳，常常不在它的位置上。族人们聚居的地方，只有那九眼活泉仍然汩汩地流淌着，散发出仅有的生机，让族人们不至于绝望，相信在这诞育出神龙之子的泉水源头，必有神示。

青丘国的九尾白狐出现在这片冰封已久的大地上，像洁白的月光洒在雪地里。族里年长有德者说，青丘国在朝阳谷之北，黑齿国之南，白狐的九尾便是九星，其声若婴儿之声，世道太平，白狐方出，看来，祥瑞很快就要降临啦！

族人们对炎帝抱有极大的希望，都希望他在日后能带领族人们过上衣食无忧的生活。

当时，最困扰族人们的问题就是充饥的问题。

这天下午，炎帝正在山脚下散步，就看到几个猎人从山上下来，只见他们挑着一头野猪，正兴高采烈地呼叫着。他们离得老远，就看到了炎帝，于是赶忙来到他的面前。

一个红脸大汉笑着对炎帝说："瞧我们，刚打了一头大野猪，要是不嫌弃，一会儿我们就给您送一大块肉过去！嘿，今天的运气可真不错，打了这么大的一个家伙！它可够我们几家人好好吃几天了！"

炎帝连忙谢过，他看着肥壮的野猪，从心眼儿里替这几个猎人高兴。

十几天之后的一个下午，炎帝又来到了这个山脚下。

这时，他忽然听到远处传来唉声叹气的声音，便朝着发出这些声音的地方走去，不一会儿，他就碰到了十几天前曾经遇到过的那几个猎人，原来，他们刚打猎回来，但一无所获。

那个红脸的大汉耷拉着脑袋，对炎帝说："又是什么都没打着！唉，这几天我们倒霉极了，前几天只是打了几只兔子，今天更惨，居然连一只兔子都没打到！唉……我的小儿子已经饿得头晕眼花了，明天要是还打不到猎物，就怕他扛不住了……"

炎帝听后，连忙请他们不要着急，他会赶紧安排人将一些兽肉和野果给他们送去，不要让孩子挨饿。这几个猎人听后，对炎帝感激不尽。

炎帝就想，现在族人们获取食物太不容易，主要靠打猎和采野果，饥一顿饱一顿的，再加上这里的气候大寒大旱，人们很难捱过饥寒。

难道这就是族人的命运？

他掂量来掂量去，抬头正好看见了向南飞去的大雁，是啊，又到了叶枯草黄的天凉时候，此时，他突然有了一个大胆的想法……

炎帝首先想到的办法就是迁徙。

他想，天地这么大，必然有很多地方比故乡更利于族人们获取食物。为了幸福的未来，此时，迁徙就成为了一条必由之路。

他决定带领族人们迁徙到温暖而湿润的南方去，这样在一年中就可以采摘更多的野果，猎物也会更多，并且南方遍布着大大小小的河流，饮水也会更加方便。

族人们都拥护他的这个决定，过了几日，他们就选了一个晴空万里的好日子，扶老携幼，开始了漫长的迁徙之旅。

迁徙中的一天，炎帝和族人们忽然看见远方飞来一只红色的大鸟，它的身上披着五颜六色的霞光，非常耀眼。瞬时，这只大鸟就飞到炎帝的头顶上，人们看到它的嘴里衔着一串九穗的种子。

众人都不解其意，只是呆呆地望着这只神鸟。

神鸟在炎帝的头顶上飞了三圈，就松开嘴，将九穗的种子洒在炎帝的周围，那情景就像天空中突然下起了金黄色的细雨，如梦如幻。

神鸟洒下种子后，便在空中围着族人们盘旋了九圈，长鸣了九声，之后就向着东方飞去，再不见踪迹。

族人们无论老少都高声呼喊道：

"啊，下草籽了！下草籽了！"

"哈哈，这可够我们吃几顿了！"

瞬时，这只大鸟就飞到炎帝的头顶上，人们看到它的嘴里
衔着一串九穗的种子。

人们高兴地捡起地上的种子，争先恐后地塞进嘴里，当下就大嚼特嚼起来。

只有炎帝席地而坐，拿起一粒种子，认真地观察着它，探寻着它的秘密，寻找着它与其他草籽的不同之处……

炎帝将种子放进嘴里咀嚼，细细品尝着它的味道，那是一种独特的清香味道，他心里说："真香啊，还没吃过这么好吃的草籽哩！"

看着遍地的种子，他的脑袋里灵光一现，突然领悟到，应该把它们都种在土地里啊！等它们成熟的时候，就收割它们，如此一来，不就不愁族人们没有食物吃了吗？

想到这里，炎帝大喜，便命令族人们不得再吃这些种子，他让他们将地上的种子全都拾起来，然后将它们带到南方的居住地，悉心地种在土地里。

神鸟洒下的这些种子，被人们称为"稷"。

炎帝带着族人们走过千山万水，尝遍了成千上万种草粒，最后选定了"黍"、"麦"、"菽"这三种最为优质的农作物。

族人们放火烧过了荒，播撒下种子。可到了天气转暖的时节，只有在地势高的丘陵旱地中，那苗子才长得好，而在低洼处的田地里，苗子却渐渐凋敝了。其中只有一块黍麦地里，苗子竖起得最早，长势最是茁壮。族人们记得，那是寒流来时被野猪踩踏过的一片田地，他们还为此咒骂过那天杀的野猪呢。这个情况让炎帝很感意外。

待下一季播种之后，他就有意试验，发现踩踏过的黍麦果然比没有踩踏过的黍麦拔节更快，收成更好。由此，在隆冬时候用脚踏麦的农俗便一直流传下来。

虽是初尝农耕的喜悦，可是所获不多，这让族人们高兴之余，难免又沮丧起来。

这时，炎帝想到了天庭。

天庭与人间不同，那里一定有人间没有的优质谷物，但怎样才能从天庭里将它取来呢？炎帝为此大伤脑筋，直到他看见了自己养的一条聪明的黑狗后，才计上心来，舒展了眉头。

这条黑狗名叫大良，它对炎帝极为忠诚，并且天生有一种神力。

炎帝便派它去天庭里盗取种子。

大良得到命令后，"汪汪汪"地叫了三声，摇了三下尾巴，就勇敢地上路了。

一路上，它克服了许多险阻，终于来到天庭，盗出了一种种子，但就在它快要回到人间的时候，却被天上的神仙发现了，他们一路追赶着大良，将它逼到一条河边。

大良毅然跳入河中，天神们都以为它已被淹死了，就回到天上，向天帝报告。然而，大良并没有被淹死，它从小练就游泳的本事，等天神们离开后，它便钻出河来，最终不辱使命，用嘴含着一些种子，来到了炎帝的面前。

炎帝看到大良，十分欢喜，急忙品尝了一粒种子，他发觉这粒种子极其可口，吃完后，满嘴都是谷物的清香，于是他立刻下令，让族人们都精心种植这种谷物。后来，此事还是被天帝知道了，他自然十分生气，就从天上洒下很多稗草，这些草从此就与谷物生长在了一起，人们以后虽然有喷香的谷物吃，但也得在种植时费力地拔除这些捣乱的家伙。

后来，人们就将这种由天庭盗出的谷物称为"稻"。

炎帝经过艰难的寻觅，终于使族人们拥有了五种珍贵的谷物。

天气再转凉的时候，高地上的黍麦苗已有了绿意，低田里的谷粒却一点动静都没有。炎帝并不气馁，安静地等待着。直到又是还阳天气，天气暖洋洋的，一点凉意都不觉得了，农人们就发现地里的谷物已开始发芽了。这个天大的喜讯，瞬间就在四野八荒传开。

现在，种子的问题虽然解决了，但如何能更好地耕种它们，就成了困扰炎帝的一个难题。

要想收获大量的谷物，就必须开垦更多的土地，但翻整土地的环节却严重影响了开垦的进度。

翻整土地的工作看似简单，却极其繁重，族人们的工具只有木棒和石刀，翻整土地后，都累得疲惫不堪，翻整后的土地并不十分松软，只能凑合着播种。

每次翻整土地后，族人们都会瘫坐在地，一边休息一边抱怨着这种累人的活计：

"累死人了，干完这个活儿，就想倒头睡觉，唉！"

"是啊，可是不干又不行，否则把种子种进去，也是白搭！"

"如果我们是神仙就好了，用手一指，地就翻整好了……"

"你想得美！哪有这种好事哩！"

"就是，你又不是神！"

就在族人们议论纷纷的时候，炎帝的手上正拿着一块獐子的肩胛骨，出着神。

有一回，他在树林里看到不远处的一只野猪正在用嘴拱土，这情景给他留下非常深刻的印象。他丢了手上的兽骨，心想，如果能有一块再大些、再结实些的骨头就好了！

炎帝似乎已经想象出一种工具，这种工具就像野猪长长的嘴一样，可以将土地轻松地翻开。

炎帝说做就做，他根据自己对野猪拱土的印象，开始着手设计一种理想的农具。

他摆弄着各种木棒，一会儿将一个木棒削尖，一会儿又将一个木棒截断，忙得不亦乐乎。族人们都不清楚炎帝这是在干什么，只觉得他奇奇奇怪怪的，好像在玩耍，又好像在做一件极为重要的事情。

最后他用一根荆条绑着一块短木和一根木棒……就这样，炎帝经过一次又一次的实践，终于发明出一种结实耐用的新农具，它就是后来流传了数千年的"耒"。

用一根尖头木棒，在它的下部横着绑定一根短木，这就做成了耒。使用时，先将木棒的尖头插在土地上，然后用力踩横木，将木尖深深地插进土地里，之后再将木柄往一边扳，这时木尖就会将整块泥土撬起，如此连续操作下去，一个人就可以在较短的时间里翻整出一大片土地。

炎帝立即将耒推广到族人当中。人们一试，果然既节省体力，又能将土地翻整得非常松软。一时间，每家每户都按照炎帝制造的第一个耒，做起了自家的耒。

炎帝经过一次又一次的实践，终于发明出一种结实耐用的
新农具，它就是后来流传了数千年的"耒"。

人们还取用豹、虎、熊、罴（pí）等大型动物的肩胛骨，在上面打孔，做出了极为轻便好用的骨耒。

当族人们用新做的耒满心欢喜地翻整土地时，炎帝并没有闲下来，他在驯养狗的基础上，又对牛、羊、猪、马等动物进行了驯养。这些动物从此成为人们的家畜，它们有的为人们提供肉食，有的为人们劳动，有的则成为坐骑，对人们的生活都大有益处。

炎帝不辞劳苦，身体力行，掌握了越来越多的农业知识。

炎帝带领着族人们根据不同的地势、土壤以及气候来选择播种的谷物，也在耕种中适应着自然，征服着自然。族人们在炎帝的带领下，从此告别了只靠采集和狩猎充饥的日子，因此，族人们尊称炎帝为"神农"，炎帝的部落，也被称为神农氏部落。

鞭 药

炎帝带领族人定居南方后，人们勤劳耕种，驯养动物，神农氏部落呈现出欣欣向荣的景象。糟糕的是，随着时间的流逝，族人们发觉越来越不适应南方的环境。南方毕竟不同于北方，虽然气候温暖，草木茂盛，但湿气过重，极易引发疾病，可怕的瘟疫也经常流行，夺去了很多族人的生命。

炎帝心想，生病无法避免，但自己可以走遍天下，去寻找治病的草药，如果能找到这些药物，便能对症下药，进而战胜病魔，解除人们的痛苦。

他明白，要想找到治病的良药，必得经历千难万险，但他心肠慈悲，丝毫没有顾及个人的安危，而是将驱除族人身上的疾病视为自己肩负的紧要使命。

他挑选了一批精明能干的族人，然后就带领他们出发，四处寻找救人的草药。

天下广阔至极，他们在山林中经常会遇到凶猛的野兽，也时常吃不饱肚子。他们爬高山，渡大河，碰到风雪弥漫的天气，也不躲避或休息，而是继续寻找草药，一路上经历了数不清的艰难困苦。

炎帝每遇到一种没见过的草木，就会细心品尝，来了解它的脾性，并将这些脾性及时记录下来，以便将来根据各种草木的不同药性来救治那些被五花八门的疾病折磨的人们。

炎帝每遇到一种没见过的草木，就会细心品尝，来了解它的脾性。

有些草药是有毒性的，炎帝也不知情，经常会出现起疙瘩、皮肤红肿甚至呼吸困难等中毒症状。每次中毒后，炎帝都能神奇地在附近找到解毒的草药，如有天助一般。

在每次解毒后，炎帝都会认真记下毒草和解毒草药的形状、颜色、生长特性以及发现于什么地方，这样就能在日后广为传播这些知识，使人们避免中毒，或者在中毒后也能得到有效的治疗。

炎帝为了寻找草药，付出了全力，但找到的有价值的草药却并不多，而世间的疾病则数不胜数。他想，只凭目前找到的这一点儿草药，离驱除人间的病魔还有相当遥远的距离。

为了尽快治愈人们的疾病，炎帝决定亲自到天庭里寻找神奇的草药。

当时，通往天庭有两条路，一条是从昆仑山

的最高峰上去——炎帝的神犬大良就是从这条路上到天庭，成功盗回了种子；另一条路是来到天和地的中心，即一个名叫"都广之野"的地方，这里一年四季草木常青，有一棵叫建木的神树，它是沟通天、地、人、神的桥梁，顺着这棵树爬上去，也可直达天庭。

炎帝决定选择后一条路。

他一路向都广之野而去，跋山涉水，不惧寒暑，最终平安来到了都广之野的那棵神树下。

炎帝顺着建木的树身向上爬去，一直爬到环绕的白云中，爬到七彩的霞光内，爬到星辰的怀抱里，最后爬到了天庭之上。

天庭里遍布着五颜六色的花草，处处鸟语花香，景色怡人。见此情景，炎帝又犯了愁，原来天庭里的神草多到难以计数，如何才能将这些神草都带走呢?

他正在一眼神泉旁犯愁,天帝忽然来到了他的面前。

他见天帝到来,不由得担心天帝会怪罪他以前派大良到天庭盗种一事,可是没想到,天帝却一点儿都没有怪罪他的意思。原来,天帝得知大良盗种后,一开始非常生气,因此才从天上洒下了稗草,但时日一长,他观察炎帝的种种作为,发现炎帝怀有一颗爱民之心,是一位勇敢而仁爱的部落领袖,因此他就越来越喜欢炎帝了。

炎帝见天帝不仅没有怪罪他,反而颇为欣赏他,索性就将自己此行的目的和盘托出。

天帝听后便笑了,他说:"你只有一个人,无论怎么想办法,也拿不走多少神草。不如这样吧,我送你一根神鞭,这鞭子非同寻常,只要你将它抽打在草木上，它就能帮你辨别出草木的各种脾性，帮你尽快找到人间所需的草药，解救身患疾病的族人们！"

炎帝听后大喜，连忙跪倒在地，向天帝拜了三拜——他是替天下的苍生拜了这三拜。

炎帝背着神鞭顺着建木向下滑去，顺利回到了人间。

此后，炎帝就用这根赤色的神鞭，抽打着奇花异草。品尝草药时，因为他的身体是透明的，所以可清晰地观察到自己的五脏六腑在吃下草药后的不同变化，然后就将这些身体反应分门别类地记录下来。哪些草木可以食用，哪些草木可以治病，哪些草木性寒，哪些草木性热，哪些可以外用，哪些可以内用，他都记得清清楚楚，为当时的人们以及后世的子孙留下了宝贵的草药资料。

有一天，炎帝在深山中走得渴了，附近又没有水源，便顺手摘下身旁的几片树叶，放进嘴里咀嚼，以解自己的口渴。没想到，他一嚼之下，发现这种树叶不仅解渴，还有一股令人神清气爽的草木香味，甚至还有缓解疲劳的功效。这一发现，使他格外欢喜，立刻记录下这种树叶的神奇特性。

这种树叶，就是我们现在饮用的茶叶。

炎帝尽管有神鞭在手，但依然免不了被毒草所伤，他吃下毒草后，往往全身冒汗，手脚冰凉，痛苦万分。虽然总能找到解药，逢凶化吉，但他毕竟时常处于危险之中，这就使他的族人们越来越担心他的安全。

一天晚上，在篝火旁，一个族人终于忧虑不安地对他说："您一年又一年地在山野中寻觅草药，中毒的次数数都数不过来，您真该歇一歇了，否则这样长期操劳下去，身体迟早会垮掉！请您爱惜自己的身体，早点儿停下来吧！"

炎帝听后，便语重心长地说："现在还远远不是停下来的时候！你放心，我的身体很棒，壮实得很。和那些形形色色的疾病相比，我们找到的草药还是太少了，太少了……天下大得很呢，一定还有很多我们没有找到的草药！我还要继续寻找它们，直到找到所有的草药为止。到那时，人间就再也没有不能治愈的疾病了！"

就这样，炎帝坚持不懈地寻觅着草药，即使在以后的日子里，为管理族人的事务回到南方的居住地，他依然要在空闲的时间里去深山和野外寻找治病的良药。

经过不懈的努力，炎帝辨识出了成百上千种草药，救了许多族人的生命。从此，"神农"的事迹，更加被族人们赞美、传颂。

由炎帝开始，人们才对草木的药性进行持续的研究和探索，也是从这时开始，远古的先民们才透过炎帝的眼睛，更加深刻地认识到大自然的广阔与神奇。

制 陶

　　每年春天，炎帝都要带领族人们翻整土地，进行播种。如果风调雨顺，到了秋天，族人们便会获得丰收。

　　在丰收的日子里，大家看着那些收获后的粮食，都乐得合不拢自己的嘴巴。可是不久之后，就有几个族人来找炎帝，向他诉说着新增的烦恼。

　　其中一个壮汉对炎帝说："您带领我们耕种土地，现在获得了丰收，大家都高兴极了，但是这两天我们犯了愁……我们从粮食中挑选出很多优良的种子，想留到明年，种出更多的粮食，这样到了来年，就不愁吃不饱肚子了！可是，这么多的种子，真不知该如何保存，如果保存不好，明年便没得种了，那可就糟了……"

一个老人接着说："您知道，以前我们的种子少，用一些宽大的树叶包裹，就能保存到来年。但是如今要保存这么多种子，只拿树叶包裹，便行不通了。有没有什么东西，又干燥，又宽大，能放下这么多种子呢？"

另一位老人说："没听说我们人间有过这种东西！难啊……该怎么办呢？"

这个难题，就这样摆在了炎帝的面前。

一天午后，炎帝坐在高高的土坡上，极目远眺。

这是寒流即将到来的季节，采收后的田地里，一堆烧荒的火还未熄尽，一堆又燃起，炎帝深吸了一口气，浑身松弛地晒着太阳。

偶尔一两团云气自头顶浮上来，一会儿就拉得悠悠长长，去了更高更远处，天色青湛得就像那神兽的一双眼睛。

炎帝不由自主地起身，大步走向了山林。纵跃的梅花鹿和几只白猿把他引到一块山石旁，晴好天气里的大步疾走使他流下了很多汗水。他听了听，并没有发现附近有泉声喧响，便随手拉下树头的枝子，摘了几个殷红的果子，来解渴消乏。

他顺着树枝看去，对面地势稍高的崖上有个石洞，山洞前有几只猴儿正在玩耍，不时地吃着石上的一洼水。

炎帝走过去，掬了一手心尝尝，隐隐然，鼻端就闻见似果实烂熟的酸甜气味，此水果然有不同寻常的异香。炎帝便吃了个饱，这泉水似是能

他顺着树枝看去，对面地势稍高的崖上有个石洞，山洞前有几只猴儿正在玩耍，不时地吃着石上的一洼水。

把人醉倒，炎帝竟迷迷糊糊地倒头便睡，直睡到太阳落山。

炎帝跌跌撞撞地回到了部落，他渐渐变得异常清醒，那储着甘甜泉水的石坑，不就是一个绝好的容器吗？

可是，拿什么材料来做这种容器呢？怎样才能把每季的余粮和种子都完好地储存到这种容器里呢？

从此，炎帝便处处观察身边的事物，期望能够找到解决之道。

渐渐地，他注意到了一种黏土。

他坐在田野里，坐在树底下，坐在庄稼边，坐在火堆旁，因为思索，也因为苦恼，便随时随地地抓起一把湿润的泥土，把长的捏成了圆的，把趴着的捏成了站着的，把跑的捏成了飞的……

雨季过后，连着几日的大晴天，太阳便把他随捏随弃的那些土坯都晒得白花花的，变得硬实了许多。看到这情景，炎帝心里豁然开朗。

炎帝发现，这种黏土被水浸湿后，就有了一种奇妙的可塑性。他试着用它捏出一些碗状或盆状的东西，然后再将这些东西放在日光下晒干。

他发现，晒干后的它们，虽然变得硬了一些，但还是不够结实，仍然无法成为储备种子的合格盛器。

炎帝心想：这些器物做起来并不复杂，而且我们这里也不缺泥土，但它们就是不够牢固，很不经用，这样看来，还是不行啊！唉，怎样才能找到能使它们变得坚硬的法子呢？

为找到这个法子，炎帝即使在夜里也难以成眠。

　　他经常独自坐在山坡上，点燃一堆篝火，就在火焰旁拿着几个晒干的器具思考如何才能改进它们。当族人们看到炎帝时，都知道他正在为如何盛放种子而发愁，就不过来干扰他。

　　在他一筹莫展之际，无意中一件黏土捏成的器具掉进了篝火中，他突然发现，被火烧过的这件器具竟然变得十分坚硬！

　　炎帝见此，忍不住大叫道："有法子了，有法子了！啊，天无绝人之路啊！明年又是一个丰收年！哈哈！"

　　这一发现至关重要，它就像在茫茫暗夜中出现的一星火光，给炎帝带来了改进这些黏土器具的绝妙灵感。

随后，他便立即精心用火去烧各种黏土器具，就这样，陶器诞生了。

陶器被使用以后，不仅使人们可以放心地保存种子，而且还可以长期储存日常所吃的食物，这就使人们不必再像原来一样，只能现采现吃。从这时起，主妇们就忙活了起来，她们是各种陶器的主要使用者，不仅用它们来储备种子、粮食和各种肉干，而且也用它们来烹饪，从而使全家人都能吃上更加美味的食物。

纺 织

　　谷物播下之后，天气就渐渐地热了。树上的叶子绿成了浓荫。

　　这片土地也绽放出野性，显示出一种生机勃勃的风貌。

　　寒暑交替，又到了羽毛和兽皮都裹不上身的时候了。

　　族人们都忙着收拾起毛皮，摘取这季最新鲜合度的树叶，为做出一些适合蔽体的物件而费着神。

与此同时，炎帝赤着那健硕的臂膀，正抡着大锤子使劲砸烂一堆树皮。有一次，他在狩猎时被豹子咬伤，流血不止，顺手就从一块枯朽的树皮上扯下长长的细条子做绑缚，他留心到那是麻树的皮子，后来又对比其他的很多树种，发现只有麻树的皮子特别长。他想，除了可以用来做绳子，是不是也能捶打出细细长长的皮子，把它们编织在一起，包裹在身上呢？

顿时，他就为自己的这个念头而大喜。

他抡起大锤，一下又一下，连风也停了下来，好像要静静等待一件大事的发生。

很快，一些长长的树皮被捶打出来了。炎帝把它们拢到一起，编织起来。他见过善于编织巢穴的鸟儿，看到过能织出一张结实的大网的蜘蛛，模仿这些编织高手的技艺，炎帝把这些长长的树皮编到了一起，并且让它们更细密，更平顺。积少成多，一张大大的材料形成了，这就是最早的布。炎帝又在自己身上比来比去，他先做出了前后两片能遮挡身体的布，又做出了能把身体裹起来的布，终于，最早的衣服诞生了。

衣服做好后，他就让族人们试穿。大家发现不仅能御寒，而且非常轻便。因为衣服是植物所做，所以即使贴身穿着，也感到十分舒适。

只见一个男子穿上这种新衣服后，顿时高兴得又呼又叫，他对炎帝说："真舒服啊，而且很方便！穿上它去干农活，再不会碍手碍脚了！哈哈！"

几个妇女穿上后，不仅夸赞这种衣服的轻便，而且都发现比兽皮要美观多了，穿上后，更能显现出女人的美好体态。她们发现这一点后，就交头接耳地议论起来，别提有多高兴了！

其中几个少女，一起悄悄地来到湖边，对着镜子般的水面，开始细致地观察起自己穿上衣服的模样，都觉得自己变得更美了。一个少女禁不住对着水面说："啊，我真美啊！没想到我有这么美哩！哈哈，这是我吗？姐妹们，你们说，这是我吗？哈哈……"

一个身材苗条的女伴看到她的痴态，就对她说："当然是你喽！不过是一个更美的你！你可得好好谢谢身上的这件衣服哩，多亏了它呢！"

后来，炎帝便亲自教会了族人们纺织布料，经过大家的亲手劳动，新衣服就源源不断地做了出来。

炎帝看到大家都穿上了新衣服，相互比较着各自的衣服，一个个皆满心欢喜，这快乐的场面使炎帝由衷地感到了欣慰。他的努力没有白费，终于使自己的族人们穿上了既合适又美观的衣

族人们都穿上了新衣服，相互比较着各自的衣服，一个个
皆满心欢喜。

服，从此他们过得比原来更加舒心了。当然，他们也变得更加漂亮了！

那时候，谁也不会因为最初的布料没有颜色而产生任何想法。

不过很快有了新的发现。炎帝在采草药的时候，衣服上沾了一种菘蓝的汁液，于是他聪明的妻子听诙（yāo）便采集了各种蓝草，染出了天空即将沉入黑夜之前的那种靛青色。

听诙第一次看见树上的野蚕吐出雪白的细丝时，便发出了惊叹。

她亲眼看到了野蚕织茧的过程：丝尽而终，似乎没有什么不应该，就如顺应天意一样，一切都是自然而然。

听诙想，如果能用蚕丝织成布，裁出洁白的

衣衫，就像月光一样，那该多好啊！

可是有什么办法能让蚕吐出长长的丝，而不是把它缠搅成一只毫无用处的茧呢？

天气已经很冷了，自从有了陶罐，听诀就经常把采来的野果在火上烧煮，有时不是为了好吃，而是为了好闻。

一次，她顺手往罐子里丢了几只茧子，煮着玩，谁知她用一根树枝挑起来的时候，只见丝的一头就挂在了树枝的毛刺上，再一搅，竟然无比顺畅地抽出了细细的长丝！

听诀喜悦极了，简直不敢相信自己的眼睛。炎帝也闻声赶来，竟看得痴了。揉一揉眼睛，细细瞧着，只见整只茧被一抽到底，蚕丝完好，一点也没有断开。

原来天机在这里——蚕用一种不可思议的方式把吐出的丝保存完好，一点也不乱，只要用开水煮过，就能顺利取用。

从此之后，人们采桑、养蚕、缫丝，日复一日，年复一年……在悠然的岁月流转中，每个人都守着自己的本分，男耕女织，代代相传。

开 市

日头下，总有新鲜事儿要发生。

部落里的陶土器皿渐渐做得多了。族人们用陶罐储存水或黍谷，还做出了盘和碗。有位巧匠烧出一只非常漂亮的陶壶，圆肚状的壶身，修长的壶口，壶身上绘有鱼形的纹饰，好看极了。

它刚烧出不久，便被邻居的女儿用兽皮换去了。

当时，物品交换只发生在几个邻人之间，族人们还没有意识到这种交换的价值。

有一天，炎帝照例在部落里巡视，和他的子

民打着招呼，聊着最近的农业收成和打猎成果。

巡视中，他发现有一部分族人不善于耕种，仍然喜欢以打猎为生。他们并不是每次打完猎，都能有很多收获，但总的来说，也能维持正常的生活。炎帝察觉出一个问题，猎人们猎获的兽肉多时，一时吃不完，剩下的肉又不好保存，就会很快坏掉，非常可惜。另外，猎人们整天只吃兽肉，其实他们也想吃一些粮食，但苦于不会耕种，所以长期只能以兽肉为食。

同样的问题也出现在那些善于耕种的族人中，他们在粮食丰收后，储存的粮食时常发生腐烂变质的情况，而他们要想吃到兽肉，也极不容易。

猎人们和农夫们站在一起，说着各自的烦恼。

一个长着络腮胡须的猎人说："我们这些猎人

每顿都吃肉，不过呢，有时我们也想吃一顿热腾腾的黍米饭。我们又不会种地，只能眼睁睁地看着农人们吃黍米饭。那香味儿，隔好远就闻着啦，可我们只有看的份儿。唉，谁让我们是猎人呢！"

一位身材健壮的农人接过了话："嘿，老兄，我可是想吃肉想了好多天了。我们每顿都吃黍米饭，倒是填饱了肚子，可时间长了，我们也馋肉。尤其是我的几个孩子，这些小鬼们馋得很哩！可是，我们这些人只会种地，不会打猎，要想吃到肉，哪有那么容易！"

猎人马上乐起来："瞧，这是我今天打到的几只兔子。要是不嫌弃，拿这几只兔子和你换些黍米怎么样？"

农人十分高兴："这太好了！现在就跟我回家，我给你多拿一些黍米。"

两个人高高兴兴地走了。炎帝看着他们的背影，不禁陷入了沉思。

几天后，炎帝就找来几位得力的下属，对他们说，他想设立一个交换物品的地方。有了这个场地，大家可以用自家的东西来换取别人家的东西，如此一来，大家就能够互通有无，各取所需，每个人都能得到益处。

几个族人听完炎帝的这个主意后，无人不觉得欢喜。

随后，炎帝便和这些下属到处勘察地形，最后划出一块空地，以此作为以物易物的场所。

交换开始时，人声鼎沸，无比热闹。

族人们争先恐后地赶来，用自家的东西交换别人家的东西。黍米、兔子肉、野鸡肉、野果、储物罐，摆了一地。怕别人不知道自己这里有什么，有人拎着物品站到了高处，有人开始长声吆喝。

用自己多余的东西换取自己需要的东西，真是件人人高兴的事！

炎帝站在一角，静静地看着人们尽情地挑选着自己所需的物品，这热闹的场面使他感到欣慰极了。

谁也没想到，没过多久，就出现了一个问题。

一天中午，有好几个猎人来找炎帝，说他们一大早就去换东西，都想用自家的兽肉来换黍米，可是找了一上午，也没见到一个用黍米来换兽肉的农人，临近中午时，他们实在不愿再等下去，就离开了，来找炎帝诉苦。

而就在当天黄昏，有好几个农人也找到了炎

炎帝站在一角，静静地看着人们尽情地挑选着自己所需的
物品，这热闹的场面使他感到欣慰极了。

帝，说他们中午就去换东西，都想用自家的黍米来换兽肉，可是找了一整个下午，也没见到一个用兽肉来换黍米的猎人，临近黄昏时，他们也实在不愿再等下去了，同样来找炎帝诉苦。

炎帝听完这些农人的话后，便忍不住笑了起来，他大声说："你们先回去吧，这个问题好解决！"

很快，炎帝就向族人们发布了一道命令。

他规定在每天中午，也就是太阳升到头顶上的时候，大家就一起来交换物品。这样就将交换东西的人们都集中在同一个时间里，避免了找不到所需之物的烦恼。

从此，人们就一直按照这个规定来进行交换。

起初，人们主要交换食物和日用品，如兽

肉、稻米、鱼虾、野果、禽蛋、陶器等，后来就逐渐扩大了交换范围，自由地交换着任何自己所需的物品，送出多余的，换回急需的，救了很多急，也方便了生活。

这个以物换物的场所，就是市场的雏形。

做 弓

　　部落里的人口不断增长着，这就造成捕获的猎物总是无法满足更多人的需要。在市场上，要想换到一块肉，已经变得越来越难了。

　　长期以来，人们在捕猎时习惯投掷石块，以此来击倒远处的动物。可是这个方法的效果却并不理想：一是，在距离较远的情况下，容易失去准头，时常将石头投掷过去，只是吓跑了那些动物，以至于一无所获；二是，人的臂力有限，对于超过射程距离的动物，就算投出了石块，也因为动物距离过远而砸不到它的身上。

　　有一天，炎帝穿过一片山谷，准备到远处

的田地里看看稻米的生长状况。经过茂密的树林时，碰到了百兽之尊狻猊（suān ní），这种古兽虽以虎豹为食，却喜静不喜动，平时没事就坐着，爱好烟火，吞云吐雾，如心情欢悦，就会将自己的尾巴摇来摆去，是族人们心目中的第一等瑞兽。

今天却不知怎么了，它的吼声如雷，生生地能拉虎吞貔，裂犀分象。

炎帝急忙躲避。这时，狻猊踩踏过的一根下弯的枝条飞弹而出，弹到了炎帝的身上——炎帝感到一阵火辣辣的疼痛。

那狻猊在顷刻间，已然远去。

他回过神来，没想到一根普普通通的树枝，竟有这么大的弹力！

他大惊过后，心中又一阵大喜。

他立刻决定不去田地里了，而是饶有兴味地研究起了这些树枝。

经过一番钻研，他发现将树枝弯曲后，再突然放开，就会产生一种极大的力量，这种力量完全可以将重物迅速投掷出去。

他拿着一根树枝，反复将树枝弯曲并弹出去，思考怎样才能改进这个树枝，从而使它成为一种真正的武器，为猎人们所用。他低头思考时，突然看到自己的兽皮制成的腰带，脑中顿时闪出一个灵感：可以借助腰带啊，用它来进行弹射！

接着，他就解下腰带，将它绑在一根极有韧性的枝条的两头，接着在腰带中段包裹一个石块，然后拉扯腰带，使枝条弯曲，最终放手，瞬时那石块就被快速弹了出去，速度之快和射程之远，都使他极为惊喜。

炎帝心想，有了这件神奇的武器，猎人们打猎时就能轻松击中那些在远处活动的动物了！

很快，炎帝反复试验，对他的新发明又作了改进。

他用一种削尖后的短竹条代替了石块。他发现，这种竹条在弹射后，飞得更快，更容易掌握准头。由于将它的前端削尖，杀伤力也就更大。之后，他又寻找到一种弹性极强的动物筋条，这样就能将竹条射到更远的地方去，使射程加大了很多。

经过一步步的改进，猎人们就可以用弓箭打猎了。

炎帝迅速将这种武器推广到族人中间，人们按照他的弓箭样板，很快就造出了各自的弓箭，并在捕猎中迅速使用了它。

弓箭使用的效果比炎帝预料得还要好，比投掷石块不知强了有多少倍！

只见一个体格魁梧的青年猎人，用力拉满了弓弦，把弓拉成了一轮满月，然后突然放手，一支箭就像闪电一样射中了一只野鸭，人们见此情景，无不欢呼雀跃。

族人们使用弓箭后，能更有效地围猎与自卫，它帮助人们在安全的距离内捕杀凶禽和猛兽，族人们的肉食种类增多了，获得的动物皮毛也更加丰富。

猎人们只要遇到了炎帝，就会对他万分感激，并且会跟他说很多类似的话，如："自从用

一个体格魁梧的青年猎人把弓拉成了一轮满月，然后突然放手，一支箭就像闪电一样射中了一只野鸭。

上了弓箭，我的猎物就越来越多，昨天我用它们换了一大袋稻米哩！""原先我们在山林里，很难打到天上的鸟儿，现在有了您造出的这个宝贝，我们就能经常吃上美味的大雁肉了！太谢谢您了！""用它还可以击退盗贼呢，嘿嘿，也不怕他们溜得快了！一射一个准！"

后来，炎帝仍然继续改进着弓箭的性能，他在竹条的尾端装上飞鸟的羽毛，这样就可以使竹条在射出后，保持稳定的飞行路线，进而射得更加精准。弓箭的发明不仅使捕猎变得更加容易，收获更多，而且它也被炎帝投入到未来的战场中，用它来击溃进犯的敌军，保卫族人们辛苦建设的美好家园。

制 琴

　　用绳子悬在空旷处的石磬，在南方的风中击打出了脆响。

　　在粮食丰收或获得猎物后，族人们就会聚在一起，尽情享用可口的食物，就像现在人们举行欢庆宴会一般。

　　人们吃饱喝足之后，便围着大大小小的篝火，跳起舞来，一片欢声笑语。

　　跳舞时，观舞的人们喜欢敲击石块或木板来发出声响，以助人们的舞兴。后来有人发现，敲击陶器发出的声响更为动听，就改为敲击各种罐子和盆子，但这些器皿毕竟是泥土所造，平时储存食物没有任何问题，但要敲击它们，就很容易将它们敲破，变成了一堆无用的碎片。

这如何是好？

炎帝想，那些跟着各种声响打起拍子、跳起舞来的子民们，他们是多么高兴啊。能不能让这些声响再好听一些呢，能不能让这些声响更纯净，更让人觉得愉快？

炎帝开始敲击所有他能敲击的东西。

他敲击陶器，敲击木头和石块，仔细辨别它们的声音。它们有的也发出了悦耳的回响，但炎帝嫌这种回响太浑浊，太沉闷，它表达不了族人们跳舞时欣喜、忘我的心情。

身边的这些物件，它们都发不出炎帝想要的美妙声音。

最后，炎帝决定制造一种专门发出动听声音的器物，有了这个想法后，炎帝便开始寻找一种可以发出动听声响的材料。

他频繁地出入山林，寻觅各种木头和山石，不停地敲击它们，耐心倾听它们发出的不同声音，进行严格的比较。经过无数次的对比和筛选，他终于相中了一种材质，这就是梧桐木。

梧桐的皮呈青色，叶子的姿态令人赏心悦目。它开的花，小如枣花，颜色嫩黄，非常可爱。炎帝观察到一个现象，即每年立秋之时，梧桐都会准时落下一叶，就如同向人间报告秋天已经来临一样。总之，梧桐有一种神秘的灵气，以至于神鸟凤凰，都只在梧桐树上栖息。

炎帝频繁地出入山林，寻觅各种木头和山石，不停地敲击它们，耐心倾听它们发出的不同声音。

炎帝敲击梧桐木时，发现它发出的声音不仅响亮，还极为清丽。他还发觉，如果敲击的部位不同，那么它发出的声音也不一样，有时明快，有时沉静，有时蕴含一种悠远的意味。

　　选定发声的材料后，下一步就是思考怎样将它制成一个绝妙的器物了，炎帝为此日思夜想，进行了各种试验，设计了几十种器物造型和发声方式，经过无数次磨合，渐渐造出了一个完整而奇妙的乐器。

　　它身长三尺六寸六分，弦为丝绳所造，分五弦，为宫、商、角、徵、羽这五个音调。

　　弹奏时，它的乐声清亮而质朴，韵味悠长，令听者如痴如醉。

　　由此，族人们便在亲人欢聚或庆祝丰收时不再敲击石头或陶罐，而是满心欢悦地弹奏起了这个乐器。人们在聆听它发出的乐声后，发觉这美好的声音就像来自大家的心里或者灵魂中，每一个听到乐声的人们都会迅速沉浸其中，享受着音乐的抚慰，得到美好的情感滋养。

这种丝弦乐器，当时人们不知道怎么称呼它，流传的时间久了，人们就把它叫作琴。

和合而居

1

这一天，小女儿瑶姬对炎帝说，她的姐姐在东去五十五里宣山的一棵桑树上，已经待了好几天了，并且开始在树上拣枝作巢，无论怎么呼唤和恳求，姐姐就是不愿下树同她一起玩耍，这让她十分伤心，说着说着便哭了起来。

瑶姬说的这位姐姐，是炎帝的次女，她心气孤高，自小就跟随父亲的雨师赤松子修炼轻身之术，也常到深山茂林里寻找仙草灵药。

炎帝听后，大感惊异，平时他亲耕田垄，采

草试药，心系着全族，根本无暇顾及他的几个女儿，那女孩们的心思，一天有一百个样儿哩，只知道她们一天天就像花朵那样开着，又像鸟儿那样叽叽喳喳个不停。

炎帝不敢耽搁，立刻带上瑶姬，往东而去。

他们来到宣山，只见山中高处有株桑树，它的枝干像四通八达的道路一样繁茂，心形的叶子有几尺宽，叶脉纹理呈赤色，非常华美。

炎帝急忙呼唤女儿，要她来到树下。

她却很固执，不肯下来，只含泪说："父亲，你看，我的姐妹们，她们还住在山洞里，经常为寒冷所伤。那些为疫病所苦的族人，要时刻防备猛兽们闯进来。父亲，地上日复一日的辛苦生活，不是我想要的！你看那苍鹰飞得高远，一直飞到云天浩瀚之处，我认为那里便是我最终的去处！现在，我要为族人们搭一个巨大的巢，能遮风挡雨，让族人们都住进来。"

无论炎帝怎么劝说，她都不肯下来。炎帝和瑶姬只得失望而归。

她继续搭建自己的巢窠，连飞过的鸟儿都为她衔来泥水、草丝，甚至吐出谷粒壳子。她便将谷粒壳子和在泥水里，再将它们涂抹在巢窠的里里外外，使巢窠更加结实，能够遮蔽风雨。

后来，炎帝不舍爱女，就令下属们以火焚树，想把她逼下树来。

谁知在越烧越烈的大火之中，她竟化作一只白鹊，披着一身洁白似雪的羽毛，成仙而去。

炎帝悔恨不已，同时也因此下定决心，要尽快造出理想中的居所，使他的其他女儿和族人都

炎帝不舍爱女，就令下属们以火焚树，想把她逼下树来。

能拥有一个舒适而安全的家，不再受那无屋可住之苦。

2

那时候，人们为了御寒和防止野兽的侵袭，一般都住在山洞里或者树干上，这些居所只是"穴"或"巢"。

天寒地冻之时，人们都蜷缩在洞里和树上，一家老小相互抱着取暖。在最冷的日子里，神农氏部落里的老人和儿童常常会被冻死。每次发生这种不幸的事情后，族人们就会聚在一起议论，梦想他们能拥有一个安全而温暖的栖身之所。

议论的人群中，一个敦厚的中年人痛心地说："天气一冷，就有老人和小孩冻死，这何时是个头啊！"

一个身材矮小的年轻人说："听说天庭里有一种既漂亮又暖和的房屋，人住在里面，可舒服了！……唉，可惜那是在天庭，我们人啊，只能住在山洞里和树干上，说实话，我们这样看起来与那些山林中的野兽没什么区别！不信你看看它们，看看那些老鼠和兔子，看看那些乌鸦和喜鹊，它们也是住在洞里，或者住在树上的巢里——我们和它们一模一样啊！唉，我们人啊，比它们也强不了多少！"

一个满面皱纹的老者听后，便颤悠悠地说："是啊，虽然现在能吃饱了，不至于饿死，可是冬天一到，像我们这些老人，实在抵挡不住这冷天气！唉，昨天冻死的那个老头儿，就是我的邻居——他住的山洞离我住的地方不远，就几步路！唉，他已经走了，看这鬼天气，估计我也快跟他去了……"

族人们不知道，因为宣山的那场大火，他们

很快就会告别原始的穴居生活，住上温暖宜人的房屋了。

一天，炎帝把族人们召集在一起，他说："我们无论住在哪里，都离不开水，水是我们活命的源头。从今往后，我们都要住在离水源近的地方，那些距离水源远的人们，都要搬到离水源近的地方。然后，我会为大家设计一种安全的住处，这样我们就都能有一个温暖的家了！以后，我们各自的家要互相挨着，大家相邻而居，平时也可互相走动……你们说，好不好啊？"

族人们一听，当然觉得好极了，都心生欢喜，呼叫着："好啊，这样我们就能住在一起了！""是啊，吃水也方便多了，相互之间还能有个照应！""我这就搬，可是不知搬过去，那里有没有空着的山洞啊？""是啊，多会儿才能给我们设计出那种房屋呢？""是啊，急死人了！"

炎帝显得胸有成竹，他告诉大家，三日后他就会拿出一个建造房屋的方案。

当赤松子来找炎帝，报告最近一段时间将天气晴好时，他正仰面凝神，对着布满繁星的天顶，思虑万千。

当初于万古混沌中，盘古用一把巨斧开出了天地，那水神共工却闯下祸端，与颛顼（zhuān xū）恶战之后，因失败而怒触不周山，折断了神柱，破坏了顶天的四个立柱，使天塌地陷。后来，女娲娘娘采石补天，造万物生灵，人间才得以安定……

炎帝想着这四个立柱和圆形的天顶，瞬时在脑中产生了关于房屋结构的最初想法。

三日后，炎帝拿出了两个方案，这两个方案是两种房屋建造模式：

一种是地穴式的房屋，它们就像大小不一的地洞，有的是圆形，有的是方形，房屋中间有一根或几根木头柱子支撑屋顶。

另一种是在地面上用木桩支起一个底架，在底架上再用木头、竹子、茅草等物遮盖，形成一个宽敞的居所。

这两种建造式样，很快就在族人中得到了应用和实践。

人们热火朝天地建造着各家的房屋，神农氏部落所在的地方顿时变成了大型工地。为建造房屋，每个人都付出了艰辛的劳动，累得腰酸背痛。

房屋建好后，人们就在新房里欢聚一堂，品尝着美食和美酒，庆祝这个搬入新居的美好日子。

有一天，炎帝因思念女儿，便来到宣山的树

房屋建好后，人们就在新房里欢聚一堂，品尝着美食和美酒，庆祝这个搬入新居的美好日子。

下。他发现树上被大火烧过的巢窠非常坚硬，原来是因为巢窠外层涂上的泥巴在被火烧过后就变得更加结实和稳固。因此，炎帝受到启发，造房子时，他指挥族人们把稻壳和在稀泥里，然后将它们糊在木石结构的墙体上，在太阳底下烘干之后，墙就变得十分坚固，不易为风雨所摧。

炎帝看着新房子一座接一座地建起，他一边为族人们搬入新居而高兴，一边又思考着一些新的问题。几天后，炎帝就向族人们下达了新的命令，他要族人们建造的房屋都必须向阳和避风，将居住的区域与劳动的区域分开，留出一块开阔的用于公共活动的空地，这样就在整体布局上对各家所造的房屋进行了合理的规划，使大家住得更为安全和舒适。

炎黄一统

炎帝部落逐渐壮大的同时，在姬水附近渐渐兴起了一个新的部落有熊氏，他们的领袖叫轩辕氏，子民们尊称他为"黄帝"。在黄帝的治理下，轩辕部落的势力迅猛扩张，没过几年，就完全超过神农氏部落，成为中原地区最为强大和富足的一个部落。

黄帝的部落壮大后，在有限的土地上，难免会和炎帝的部落发生一些摩擦，但总体上，两个部落的人们尚能和平相处。

在黄帝的部落兴盛时，另一个部落也开始兴起，它的领袖叫蚩尤。

蚩尤的部落不断地向四面八方扩张，在这种情况下，他的部落就与炎帝的部落发生了严重的冲突。蚩尤率领军队，向炎帝的部落发动了进攻。炎帝为保卫家园，便决定带领族人们与蚩尤的部队进行一场战争。

那蚩尤毫不示弱，他天生具有神力，全身刀枪不入，极为凶悍。

蚩尤迅速集结了他的八十一个兄弟，组成了一支强大的军队，向神农氏部落扑来。两军相遇，战况非常激烈，双方杀得天昏地暗。战斗中，炎帝的军队渐渐处于劣势，眼看就要被蚩尤的大军全面击败，在十万火急之下，炎帝便向黄帝寻求支援。

黄帝与炎帝向来相处得颇为融洽，他们相互间以诚相待，并且在处理两个部落间的摩擦和争议时，皆以和平为重，都采取了同一种温和的解决办法，因此这两个部落长期以来就形成一种互相信任的同盟关系，就像缔结了盟约一般。鉴于此，黄帝便决定帮助炎帝，施以援手。

黄帝很快就率领大军出发，几日后，他的部队就与炎帝的部队合在一起，共同与蚩尤的部队进行战斗。

战斗的惨烈程度超乎人们的想象，它是上古时期规模最大的，也是最为残酷的一场战争。蚩尤号称战神，其勇力令人惊骇，另外他还是金属兵器的最早发明者，因此他的部队具有极强的战斗力。黄帝则有雄才大略，他运筹帷幄，频频使出妙计破敌，再加上炎帝部族的拼死杀敌，所以在后期的战斗中，炎黄两帝的部落渐渐占了上风，取得一定的优势。

最终，双方在涿鹿之野进行了决战，战场上尸横遍野，血流成河。经过此战，黄帝与炎帝的联军一举击败蚩尤的部队，并且杀掉了蚩尤，至此天下方为大定。

因为击败蚩尤的战争发生在涿鹿之野，这场战争就被称为"涿鹿之战"。

涿鹿之战后，黄帝部族的地盘再次得到了扩张，黄帝的威望如日中天，受到了族人们的狂热崇敬，炎帝的部落则在战争之后，元气大伤。炎帝为了天下百姓的长久安乐，便主动向黄帝交出了自己部落的最高领导权。他对黄帝说，只有将两个部族合为一个部族，才能实现永久的和平。

炎帝衷心地希望黄帝成为一个伟大的领袖，治理炎黄两个部族，带领人民过上和平而幸福的生活，再不要陷到战争的深渊之中。

黄帝也是一位慈悲的大帝，他看到炎帝如此仁爱，而且丝毫都不贪恋个人的权位，非常感动。由此开始，黄帝一统天下，两个部落合二为一。后来，许多大大小小的部落也加入到这个联盟当中，黄帝成为了部落联盟的首领。

炎帝与黄帝被后世子孙尊为中华民族的人文始祖。现在每个中国人都称自己是炎黄子孙，源头就在这里。

炎帝在南方长期居住下来，他观察天象的运动，预测气候的变化，推断丰年与凶年，千方百计地帮助南方人民的农业生产，因而深受人们的爱戴。

观测天象之余，炎帝依然在南方的艳阳下，继续寻找治病救人的草药。

此时的炎帝，已经历了太多的大风大浪，曾经的地位和威名已如过眼云烟。他现在只想找到更多的草药，这样就能帮助子民们战胜各种可怕

炎帝依然在南方的艳阳下，继续寻找治病救人的草药。

的病魔，从而造福人间。

当他不顾自己的高龄，上高山、跨溪流、过峡谷寻觅良药时，常常对大自然的神奇造化感到惊叹，他深知，正是因为大自然对人类的馈赠，才使他的族人们逐步脱离了蛮荒的生存状况，过上了安居乐业的生活。

他拿着手中的神鞭，体会着来自万物的蓬勃生机，内心感到无比欢悦……

有一天，炎帝在一片树林里发现了一种植物，它开着淡黄色的小花，似乎并不独特。他虽然鞭打了它，但还是难以完全知晓它的药性，于是便摘下它的一片叶子放进嘴里咀嚼，没想到它竟含有一种剧毒。

这种毒草过于烈性，当即就使炎帝的肠子一寸一寸地断裂，最终吐血而亡。因此，人们就将这种植物称为"断肠草"。

从今往后，再也没有人拾起过炎帝的那根神鞭。细心的人们还发现，自炎帝故去后，在他亲尝断肠草的山谷中，那梧桐树便越长越茂盛，引来了一只五色鸟栖在了树干上。

这只鸟儿来自天边，身上遍布着龙纹，它只吃竹实，饮醴泉，它的声音如箫，和着斧斫与刀耕，鸣出悠远大音。